兒童文學叢書

・藝術家系列・

金黃色的燃燒

梵谷的太陽花

戴天禾／著

三民書局

國家圖書館出版品預行編目資料

金黃色的燃燒：梵谷的太陽花 / 戴天禾著.－－二版二
刷.－－臺北市：三民，2011
　　面；　公分.－－(兒童文學叢書・藝術家系列)

　ISBN 978－957－14－2742－3　　(精裝)

　1.梵谷(Van Gogh, Vincent, 1853－1890)－傳記－通
俗作品

859.6

© 　金黃色的燃燒
　　　　──梵谷的太陽花

著 作 人　　戴天禾
發 行 人　　劉振強
著作財產權人　三民書局股份有限公司
發 行 所　　三民書局股份有限公司
　　　　　　地址　臺北市復興北路386號
　　　　　　電話　(02)25006600
　　　　　　郵撥帳號　0009998－5
門 市 部　　(復北店) 臺北市復興北路386號
　　　　　　(重南店) 臺北市重慶南路一段61號
出版日期　　初版一刷　1998年1月
　　　　　　二版一刷　2009年1月
　　　　　　二版二刷　2011年1月
編　　號　　S 853851
行政院新聞局登記證局版臺業字第○二○○號

http://www.sanmin.com.tw　三民網路書店
※本書如有缺頁、破損或裝訂錯誤，請寄回本公司更換。

·閱·讀·之·旅·

　　很早就聽說過藝術大師米開蘭基羅、梵谷、莫內、林布蘭、塞尚等人的名字；也欣賞過文學名家狄更斯、馬克·吐溫、安徒生、珍·奧斯汀與莎士比亞的作品。

　　可是有關他們的童年故事、成長過程、鮮為人知的家居生活，以及如何走上藝術、文學之路的許許多多有趣故事，卻是在主編了這一系列的童書之後，才有了完整的印象，尤其在每一位作者的用心創造與撰寫中，讀之趣味盈然，好像也分享了藝術豐富的創作生命。

　　為孩子們編書、寫書，一直是我們這一群旅居海外的作者共同的心願，這個心願，終於因為三民書局的劉振強董事長，有意出版一系列全新創作的童書而宿願得償。這也是我們對國內兒童的一點小小奉獻。

　　西洋文學家與藝術家的故事，以往大多為翻譯作品，而且在文字與內容上，忽略了以孩子為主的趣味性，因此難免艱深枯燥；所以我們決定以生動、活潑的童心童趣，用兒童文學的創作方式，以孩子為本位，輕輕鬆鬆的走入畫家與文豪的真實內在，讓小朋友們在閱讀之旅中，充分享受到藝術與文學的廣闊世界，也拓展了孩子們海闊天空的內在領域，進而能培養出自我的欣賞品味與創作能力。

　　這一套書的作者們，都和我一樣對兒童文學情有獨鍾，對文學、藝術更是始終懷有熱誠，我們從計畫、設計、撰寫、到出版，歷時兩年多才完成，在這之中，國內國外電傳、聯絡，就有厚厚一大冊，我們的心願卻只有一個——為孩子們寫下有趣味、又有文學性的好書。

　　當世界越來越多元化、商品化的今天，許多屬於精神層面的內涵，逐漸在消失、退隱。然而，我始終牢記心理學上，人性內在的需求——求安全、溫飽之後更高層面的精神生活。我們是否因為孩子小，就只給與溫飽與安全，而忽略了精神陶

冶？文學與美學的豐盈世界，是否因為速食文化的盛行而消減？這是值得做為父母的我們省思的問題，也是決定寫這一系列童書的用心。

　　我想這也是三民書局不惜成本、不以金錢計較而決心出版此一系列童書的本意。在我們握筆創作的過程中，最常牽動我們心思的動力，就是希望孩子們有一個愉快的閱讀之旅，充滿童心童趣的童年，讓他們除了溫飽安全之外，從小就有豐富的精神食糧，與閱讀的經驗。

　　最令人傲以示人的是，這一套書的作者，全是一時之選，不僅在寫作上經驗豐富，在藝術上也學有專精，所以下筆創作，能深入淺出，饒然有趣，真正是老少皆喜，愛不釋手。譬如喻麗清，在散文與詩作上，素有才女之稱，在文壇上更擁有廣大的讀者群；陳永秀與羅珞珈，除了在兒童文學界皆得過獎外，翻譯、創作不斷，對藝術的研究與喜愛也是數十年如一日用功勤學；章瑛退休後專心研習水墨畫，還時常歐遊四處欣賞名畫；戴天禾有良好的國學素養，對藝術更是博聞廣見；另外兩位主修藝術的嚴喆民與莊惠瑾，除了對藝術學有專精外，對設計更有獨到心得。由這一群對藝術又懂又愛的人來執筆寫藝術大師的故事，不僅小朋友，我這個「老」朋友也讀之百遍從不厭倦。我真正感謝她們不惜時間、心血，投入為孩子寫作的行列，所以當她們對我「撒嬌」：「哇！比博士論文花的時間還多」時，我絕對相信，也更加由衷感謝，不僅為孩子，也為像我一樣喜歡藝術的大孩子們，可以欣賞到如此圖文並茂，又生動有趣的童書欣喜。當然，如果沒有三民書局的支持、用心仔細的編輯，這一套書是無法以如此完美的面貌出現的。

　　讓我們一起——老老小小共同享受閱讀之樂、文學藝術之美，也與孩子們一起留下美好的閱讀記憶。

◎ 作 者 的 話 ◎

梵谷究竟是天才還是瘋子？

梵谷的一生充滿了挫折與矛盾，但他每次都能憑著一身的傲骨，用農人對抗天災的智慧、勇氣與毅力重新開始，以賣畫、傳教、畫畫等不同的方式克服了重重的難關，最後終於摘取到繪畫上的桂冠。

就畫來說，梵谷的確稱得上是一個天才，所以，農人也可以算是天才，其他各行各業的人，像工程師、醫生、老師等，更都是天才中的天才。

梵谷一拿起畫筆就只知有畫而渾然忘我的樣子，讓當時的人都把他當作瘋子；就如同現在如果我們看到一個人，整日拿著毛筆從早寫到晚、從年頭寫到年尾，手上、衣服上都沾滿了墨，總是以一付黑花花的臉對人說話，我們一定會大驚小怪的說他是瘋子。

其實，每個認真努力做好自己分內工作的人都勢必會如此，就像身上沾滿機油的技工、滿身藥味的藥劑師、口沫橫飛的演講家、灰頭土臉的礦工等等，我們都不會稱他們為瘋子。

因此，不論是當農人也好、工人也好、救火員也好，只要是自己真心喜歡的就好。

你想想，梵谷究竟是天才還是瘋子？

戴天禾

◎ 作 者 簡 介 ◎

戴天禾

　　出生於四川省重慶市，八歲時來臺灣。靜宜女子文理學院畢業後，赴美就讀匹茲堡大學，現定居美國加州。喜歡藝術，也喜歡文學。曾任圖書館編目及資訊員、中文學校老師；現任史丹福大學東亞圖書館館員。

梵谷

Vincent van Gogh

1853~1890

Vincent

　　當今世上，繪畫價碼最高的，首推梵谷的作品。一九八六年，他有一幅〈向日葵〉，叫價三千九百九十萬美元，合臺幣十億多元，被一位日本商人買了回去。

　　梵谷一生，只畫了十年畫。在這十年當中，他沒有一天不為錢發愁。在他給弟弟西奧的信中，十回有九回半寫道：「我們一定要咬緊牙關堅持下去！我的畫就會有人來買，到時候，就不必過這種窮日子了。」可惜，他們奮鬥了一生只賣出去一幅畫。

　　梵谷以前的一位房東說：「梵谷每天天還沒亮就帶著乾麵包、背著畫具出門；出門前，必定在火爐上燉一鍋豆子。天黑回家，又累又渴又餓，顧不得看清楚早已熄滅的爐火，找根勺子、端起鍋子、兩三下就解決了一鍋半生不熟的豆子。他啊，除了吃乾麵包和豆子，就是吃豆子和乾麵包。」

紅葡萄園　（1888 年　油彩、畫布　73 × 91 cm　俄羅斯莫斯科普希金美術館藏）
這是梵谷生前唯一賣出的畫。

　　梵谷以前的鄰居也說：「他是個瘋子。一天到晚戴一頂寬邊草帽，帽簷稀稀拉拉扯成窄邊了，還照樣頂在頭上。還有，他的白色工作服常用來當抹布，擦成五顏六色的，就從來沒見他換過。」

　　顏料店老闆說：「梵谷靠他弟弟寄

3

錢、寄紙、寄顏料給他；有時候他弟弟忙，或者連他自己都還沒領到薪水時，梵谷就會在我店門口，踱過來、踱過去；我說『進來、進來』，他立刻眉開眼笑的『謝謝』說個不停。一管紅顏料、兩管藍顏料，拿得不多、拿了就走，三兩天內必定還錢。好人吧！不過，他的畫嘛，嘿嘿，不敢領教。」

曾經跟梵谷住了兩個月，導致梵谷割耳垂子的高更提起梵谷，「他的畫，用太多筆墨，這倒罷了。主要是他的日常生活，那寒傖、那單調，比得上一個苦行僧！跟這種顛三倒四的人住，真是慘透了。」

短短的一百年過去了。梵谷從無名到有名；又由公認的瘋子變為藝術史上的天才。究竟是怎麼一回事？大家對他越來越好奇了。他來自什麼樣的家庭？他的少年生活環境如何？為什麼弟弟對他這麼好？是不是從小他就想當畫家？有沒有最好的老師指導他？誰對他的影響最大？他的爸爸媽媽有沒有逼他畫畫？

1. 鄉村生活

　　一百多年前，在荷蘭西南部一個鄉下地方，一天清早，有兄弟倆正往麥田方向跑。「嘎，嘎，嘎——」驚起了田間的烏鴉。不一會兒，人影、鴉影，還有田邊的樹影，都淹入了麥穗中。

　　樹梢被風吹得翻飛捲曲，雲層也越聚越厚，剛才那兩個一壯一瘦的男孩才重現在麥田盡頭；兩人腰間繫的大口袋不知道這次又裝了些什麼樣的寶貝？是種子、麥穗，還是蝴蝶、昆蟲？他們今天去麥田、明天到樹林，後天河邊、大後天碎石坡？下次帶回花瓣、樹枝、石子、羽毛、蛇皮，還是鳥窩？他們徜徉在大自然懷抱中，沒有煩惱和憂愁。

　　這對兄弟，姓梵谷。哥哥文生，弟弟西奧。父親是這個貧苦農區的牧師，他每天一家一家拜訪教友，當地人稱他為「可敬的牧師先生」；母親

播種者 （1888年　油彩、畫布　32 × 40 cm　荷蘭阿姆斯特丹國立梵谷美術館藏）

面慈心善，也常幫忙照顧教友。教區不大，但文生、西奧底下尚有四個弟妹，所以他們夫婦倆經常忙得像風車似的歇不下手腳來。

　　少年時期的文生與書本無緣，除了讀《聖經》，不是在外面遨遊，就是在自己屋裡和弟弟把弄大口袋裡的寶貝：清洗、作標本、上架，真是比父母還忙。轉眼，文生十二歲了，梵

谷夫婦擔心兒子將來一事無成，商議之後，決定送文生到附近小城的寄宿學校去念書，一方面增進知識，另一方面也可以見識世面。

　　文生走的前幾天，西奧在文生後面跟進跟出、寸步不離。文生拗啊拗的不想走，可也找不出一個不去上學的理由。最後一晚，弟弟坐在哥哥的小閣樓中，兩人一言不發不停的把弄他們的收藏，不知不覺天都亮了。

播種者（局部）　梵谷的太陽之一。

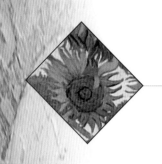

2. 上學

　　文生身寄學校，心卻掛在家裡。

　　課堂上，語法、算術，他覺得枯燥無味；自然科學，他比老師懂得還要多。因此，他常常望著窗外出神，「秋蟲正多，不知道西奧有沒有做一些新標本？他的手比我靈巧，我離家前才教他做，他一學就會不說，那些斷腿的甲蟲、折翅的蝴蝶經他的手一貼補，居然都看不出傷痕來。」同學們見他常對著窗外發笑，以為他頭腦簡單，就取笑他：「粗手笨腳鄉下郎，不如早早回家鄉。」文生懶得理會，趁機不出教室，繼續他的冥想。

　　晚上回到宿舍，往床上一躺。別人早已呼呼大睡，文生一顆心又飛回小閣樓上。小閣樓在三層樓頂，三面臨窗的天花板傾斜度大，文生在上面掛滿了標本，地面一排排的架子也不空閒，都擺滿了收藏。這些標本和收藏件件都有它的由來和故事，他每晚

鳥　窩 （1885年　油彩、畫布　39.3 × 46.5 cm　荷蘭阿姆斯特丹國立梵谷美術館藏）

都會選一兩件伴他入夢鄉。

　　櫃子頂上一字排開有七個大小不同的鳥窩；一天晚上他選中其中最小的一個：

　　「一天清早，窗外傳來唧唧噥噥的鳥叫聲，在教堂鐘聲下顯得格外婉

轉；原來，有一對喜鵲正在窗外老槐樹上跳上跳下；文生偷望一眼，趕緊蹲下，他按捺住蹦蹦亂跳的心，慢慢拖來一張墊子，跪在上面，只露出兩隻眼睛。公的飛走不久，啣來一塊泥往枝椏上一放；母的看了一眼，也啣來一塊，放在靠近窗口的枝椏上；公鳥歪頭看來看去，不久，啣來一根長樹枝，放在母鳥啣回的那塊泥巴上。

「『快來看作窩！』趁兩隻鳥都飛走時，文生衝下樓叫醒西奧，他不情不願睜開眼，等弄清楚怎麼一回事，才拖著被枕，緊跟著文生往樓上跑；只見鳥兒將大枝小枝不斷啣回來，一天共有三十幾根！幾個月後，小鳥長大全飛走了。兩人把鳥窩拿進來留做紀念，寶藏到如今。」

文生想多了，一逮著機會，就往家裡跑。西奧看見他回來，高興得不得了。兩人待在房間，或坐窗邊、或躺床上，談到深夜不睡覺。

3. 學徒做起

這樣匆匆過了四年，期間還換過一所學校；除了學會幾種語言，文生對學校功課一直提不起興趣。最後總算畢業了。父親問他：「你想要做什麼呢？」他也說不出來。至少，這時候他還沒想到要畫畫。

叔叔知道後說：「文生已經十六歲啦？會英、法、德、荷蘭四種語言？來來來，到我畫廊來幫忙。」叔叔的畫廊事業經營得很成功，除了德國，其他三國首都都有生意，「不過，」高大的叔叔一手按著文生的頭頂，「得先從學徒做起。」

文生選擇了荷蘭：「離家近些。」

在畫廊，文生一面直眼掃地，一面橫眼看畫，心裡想：這樣滑膩細緻的畫真能賣這樣多錢？小學徒那對銳利的雙眼，加上農村生活的陶冶，對於鳥獸蟲魚、風景花卉、人物房舍都有體驗，他想：有空我得到美術館去

星 夜 （1889年　油彩、畫布　73.7 × 92.1 cm　美國紐約現代美術館藏）

要畫星，必須先把夜畫好。有燈火的房舍教堂是夜。叢樹也是夜。叢樹黑褐高聳入雲，突顯了星夜的天空。梵谷說：「生病並不可怕，它只是一種快速的交通工具像我們的火車、飛機，可以帶著我早些去找星星、月亮。」

找找像叔叔家裡那樣有血有肉的畫，「那些畫才值得購買與收藏的呀！」

三年以後，叔叔退休前，把剛滿十五歲的西奧帶到巴黎畫廊。文生獲得遷調，在轉往倫敦畫廊的路上聽到消息，立刻寫信給西奧:「像我們這種在田地裡打過滾的孩子，看畫，得去

美術館，那兒才有好收藏。」其實，他不知道已叮嚀過多少回了。

一天，文生坐在那些滿牆滿櫃的畫中間，忽然出去買了一些鉛筆、紙張，畫了幾張窗外的街景寄給西奧。

西奧收到畫後，從題材讚美到畫具；再從畫具讚美到畫法，文生得到了極大的鼓勵；從此，鉛筆的、水彩的，畫完就跑到郵局寄給西奧。至於五、六年後，那一批批寄出的油畫，要等乾夠了才能郵寄的日子，真夠他熬的。

不久，他對《聖經》以外的文學作品產生了極大的興趣，尤其像英國的莎士比亞、狄更斯，法國的左拉、雨果、巴爾札克等人的作品。其中處處浮現著家鄉農民以及工人們艱苦的身影，他們的苦難深深打動著文生的心。他開始每個星期天到貧民區的教堂幫忙，不久，他發現：「窮病老弱的人，只有窮病老弱的朋友，他們哪能得到多少幫助？」

「人為什麼活著？我又為誰而活著呢？」文生從貧苦地區回來，仰望著星星，越想越對現在的生活感到不耐煩。

一天，他脫口說出早想對顧客說的話：「這幅畫是抄的，原畫就沒有精神，越抄越死板！別買了！好，好，你一定要買，廉價賣給你。」文生還沒等老闆辭退他，已先留下了字條：「每天戴著個黑禮帽向這些珠光寶氣的人鞠躬哈腰，無聊透頂！我不幹了。」

隆河上的星夜　　（1888年　油彩、畫布　72.5 × 92 cm　法國巴黎奧塞美術館藏）

4. 傳 教

「救人的法子只有一條，就是像您那樣，做一個傳教士。」爸爸收到文生的信後，回信道:「文生，你得先進大學。希臘文、拉丁文是很不容易學的呀!」

文生咬緊牙關，讀得直在冰冷的桌板上敲頭磕腦。爸爸看了乾著急，但也幫不上忙。最後，文生看自己程度實在太差，放棄了考試，沒有進大學。不過，他並不死心，「再窮、再苦的地方，我都願意去!」正好在比利時的一個煤礦區，沒人肯去傳教，教會就答應讓文生去了。

文生到了這個不毛之地，看到婦女孩童全在礦區裡工作，但都還換不來一家人的溫飽;還有，這裡沒有學校，「吃少穿少還不怎麼樣，無知無識不就等於沒有未來，那豈不是死路一條?」

文生在巡視過其中一個最深的礦

駝煤的礦工 （1881年 鉛筆、鋼筆、墨水、淡彩 43×60 cm 荷蘭奧特盧國立庫拉－穆勒美術館藏）

奧這樣積中坑還上信給西還坑中積，給後坑的信上寫：「礦坑中積水、倒塌、爆炸、中毒等事件頻繁，每次事情發生了，礦工們個個都爭先趕去救援，但幾雙手的力量怎麼能夠敵得了大自然？」

接著他又寫：「地面上的人不瞭解地面下的人在做什麼，近處人不關心遠處人的情況。如果早些有人出來為他們設想，礦區人民的生活早就得到改善了。你想，誰忍心拿鄰居孩子買衣衫麵包的錢去吃喝穿著？誰又狠得下心用親朋好友的鮮血來歡樂馳騁？」

文生一面寫信給教會、政府、報章雜誌，為他們爭取生活改善和環境改良；一面還把教會給他預備的木屋讓給受傷的礦工們住。末了，乾脆把隨身帶來的衣物全部分光。礦工們覺得他與眾不同，簡直像胸懷慈悲的基督。

三個月後，教會派人來考核傳教的情形。教士們見到文生衣衫襤褸、

露宿屋簷下，認為他有損教會形象，便對文生揮揮手:「你趁早趕快回家，我們另外派人來接替!」

礦工們圍著他，淚水在臉上畫成一條一條小河，黑手一抹，臉龐上隱現出鐵絲網絡樣的痕跡；文生一一與他們握別，心中決定：我一定要設法讓更多的人看到你們的不幸；更祈望有一天你們能衝出這痛苦的牢籠!

父親接到教會通知後，把文生給「領」回家；母親把這乞丐似的兒子

兩個在煤田的農婦　（1883 年　油彩、畫布　27.5 × 36.5 cm　荷蘭阿姆斯特丹國立梵谷美術館藏）

擁入懷中，她什麼都沒說，只發了一封電報叫西奧馬上回家。

兄弟倆像小時候一樣，並肩躺在床上，談現在過去未來。文生憂戚的面孔逐漸平靜，但他的雙眼仍不夠明朗，西奧瞭解文生的顧慮：「哥，我們到窗口坐坐。」他伸頭看了看窗外超過屋頂的枝椏，慎重的說：「哥，既然只有畫畫最適合你的個性，你就盡量去畫吧，我支持你！我沒有你的天分，但是我可以賺錢供你畫畫。我一個人賺的，足夠我們倆花。你畫好畫壞，都沒有關係。」文生一把抱住西奧：「西奧啊，西奧！全世界只有你是最瞭解我的！你等著，我絕對不會讓你失望的。」

文生在西奧的幫助下，決定了今後的方向。這時他已二十七歲了。他認為自己起步太晚，必須日以繼夜不停的畫，即使遭受任何痛苦和打擊，都不能稍有猶豫與停歇。因此，這看似偶然的一個決定，其間又只有短短十年工夫，文生就能被當今畫壇奉為「現代藝術」的畫聖，這絕不是偶然的。

5. 模特兒

文生記得以前隨便畫畫，就街是街、樹是樹、蝴蝶是蝴蝶、蜘蛛是蜘蛛，現在專心去畫，才覺得畫好一幅畫真不簡單。像日常生活中的一把椅子、一雙鞋子、一張床，怎麼樣畫，才能讓它們平平穩穩的放在地上？讓人覺得可以坐得舒服、穿得自在、躺得安逸？

他請教他的畫家朋友、去藝術學院上課，但都不滿意；於是，開始苦修；他先做了一把畫透視的工具尺，再一遍一遍臨摹林布蘭、米勒等大師的畫。漸漸的，才在構圖與明暗兩方面有了體會，也同時為它們的變幻莫測給深深迷住了。

鞋 （1886年 油彩、畫布 37.5 × 45 cm 荷蘭阿姆斯特丹國立梵谷美術館藏）

織工 （1884 年 油彩、畫布 70 × 85 cm 荷蘭奧特盧國立庫拉一穆勒美術館藏）

談到這位荷籍的繪畫大師林布蘭，文生對他佩服得五體投地，「他好比魔術師，妙手一揮，三兩筆，人物便神氣十足，好像要從紙上跳出來和你說話！」有一回，當地博物館展出一幅大師的〈猶太新娘〉，他看得目不轉睛，心想：要是能在這張畫面前待上兩個星期，我寧願少活十年。

靜物難畫、人物更難畫。文生受到〈猶太新娘〉的影響，開始花錢請人來充當模特兒：一次不行，十次；十次不行，五十次；直到閉著眼睛都能描繪出各種姿態為止。

漸漸，西奧的錢補給不上，他便到外面去找模特兒：哈腰的工人們正在織布、運煤、打鐵、鋸木頭；農人們曲著背趕忙犁田、播種、收成、運糧食，都是文生描繪的好對象。

文生這樣一頭栽進繪畫，吃飯、走路、作夢都在畫畫，他已經忘了自己以及周圍其他人的存在了。

6. 吃馬鈴薯的農人

　　父母親一方面非常高興看到文生對繪畫的認真，除了為他準備畫室之外，也常從微薄的薪水中省出錢來給他買紙買筆；另一方面也非常擔心他對生活的馬虎及起居的無常會影響身體健康，但他們知道勸說一定無效，只有在給西奧的信上提提對文生的疼惜罷了。

　　一天，母親不小心摔斷了腿，文生打住思緒、暫時放下畫筆，充當起護士來──他曾在礦區照顧過很多受傷的礦工──攙扶、按摩、餵藥、洗澡，母親很快就復原了。事後，母親迫不及待的去信給西奧：「我的一點小傷，改變了鄰居們異樣的眼光。他們都說，這個邋遢的人居然這樣細心？西奧啊！從現在起，不會再有人在背後對他指指點點了。」

　　母親的信還沒寫完，文生的一幅〈吃馬鈴薯的農人〉已經寄到了西奧

吃馬鈴薯的農人 （1885年　油彩、畫布　82 × 114 cm　荷蘭阿姆斯特丹國立梵谷美術館藏）

的家。這時候，畫廊老闆正在勸西奧不要把辛苦賺來的錢換成鈔票一張一張往哥哥那兒寄，「朋友都說他畫的人，又怪又不好看，總之，絕對賣不出去！不如，你勸他學一行手藝，像作麵包什麼的，將來絕對不愁吃穿。你趁年輕，存點錢，為以後著想。」

　　西奧在回家的路上邊走邊想，想到哥哥在信上常常講:「你老闆不瞭解你，更不瞭解繪畫。」他不禁笑出聲音來，隨即他不敢笑了，因為最近收到信，文生叫他:「乾脆自己做老闆──給藝術界帶來點新氣象和新希望。」等回家打開〈吃馬鈴薯的農人〉一看，他的面容就愈發莊重了：眼睛從每一個人的臉上、手上，轉到桌面上熱氣騰騰的馬鈴薯、咖啡以及沒有完全畫

出來的爐灶上；再從小女孩的背影轉到幽暗的天花板、煤氣燈上，接著眼睛再轉回到人物身上。

西奧越看越不捨得放下，他想：這正是小時候在村鎮上常見的農人，他們直來直往，一心一意的做事，誠誠懇懇的待人；這畫上的一家人，就像任何一家農人一樣，他們全心全意期待的晚餐，無論是咖啡、馬鈴薯或是麵包，都能在層層圍裹的蒸氣中吃出滋味來。

接下去，他又想:「唔，也非得像文生這樣，生長於農村，說他們的語言、喝他們的水，才能在農人們風吹日晒的臉上、老繭厚實的手上，畫出如咖啡般平靜而濃郁、苦澀又回味無窮的情感來。」

「不過，」西奧從櫃子裡拿出整整齊齊文生陸續捎來厚厚的一疊畫稿，「它們的結晶本來就應該是這樣完美的呀！」

可惜，他們的父親卻永遠見不到這幅畫了。就在不久以前，父親外出回家，在門口摔了一跤，兩天以後就去世了。文生得到消息，眼前一片迷茫。

7. 巴　黎

　　父親死後，文生不願意母親和年幼的弟妹們再為他操煩，等母親的哀痛稍減，他便到巴黎去投靠西奧。

　　事有湊巧，前不久在巴黎，有一批新派畫家，像是莫內、畢沙羅、秀拉、竇加、高更等人，被學院派及守舊派認為過於藐視傳統，不但拒絕展出他們的畫，還對他們大加諷刺：「什麼，這也算畫？簡直就是四不像。還有，這顏色，看這顏色，打翻了顏料罐吧？哈，誰展『這種畫』，才是天大的笑話。」但西奧看了「這些人」的畫以後說：「太好了，這種畫才能帶給畫界新氣象、新希望！」就這樣，西奧下了班又開始主持一間沙龍，「好讓這批畫家能在這兒展覽、談畫、說抱負、論理想。」他想：「文生聽了一定很高興。」

　　沒想到，信才發出沒幾天，文生就到了巴黎，「走嘛，走嘛，帶我去

24

戴草帽的自畫像 （1887年 油彩、嵌板畫布
35.5 × 27 cm 美國密西根州底特律藝術中心藏）

沙龍。」

　　不用說，文生的欣喜是難以形容的。他乍見那些畫作：有的用色點，有的用色塊，又有的塊與塊之間沒有界邊。沒畫完吧？即興之作？作夢初醒信手畫成？但，每一幅畫又是那樣的亮眼——顏色盈盈欲滴，好像剛畫完般讓人不敢觸摸。久立傾談而不生厭倦——這也恰是文生對他們的印象——經歷不同，興趣有異，但鑽研認真的態度卻是相同的。這些畫家們也認為文生情感真摯，體驗深刻，所以才能畫出像〈吃馬鈴薯的農人〉、〈駝煤的礦工〉、〈播種者〉等這樣的畫來。「不過，」七十多歲的畢沙羅說:「你得想想法子擺脫前人的影子，因為林布蘭是林布蘭，米勒是米勒，你梵谷應該是梵谷。巴黎的人文景觀跟你以前的經驗不一樣；多到外面去瞧瞧，將來你的繪畫一定能開展出更新的局面來。」文生看著畢沙羅，感動的說:「今後碰到問題，我

25

一定來向你請教。」

「遠花比近花顏色還要鮮豔，要怎麼畫？」「高更畫的，跟我看到的，怎麼不一樣？」「背光地方該畫什麼顏色？」「怎麼樣才能畫得透明、乾淨？」文生再也顧不得問西奧忙些什麼，只問自己畫得怎麼樣、有沒有進步？這樣對不對？那幅畫好不好？廚房、廁所、臥室，到處都是他的畫，西奧想躲都躲不掉。

一直到有一天，文生抬頭看了西奧一眼，「哎呀，你的臉怎麼跟巴黎的陽光一樣蒼白？」「什麼？舉辦日本版畫展覽、還兼作代理？怎麼不早講？」

插有花朵的藍色花瓶
（1887年 油彩、畫布 61 x 38 cm
荷蘭奧特盧國立庫拉—穆勒美術館藏）

8. 日本版畫

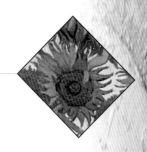

文生對東方、以及東方藝術都很陌生，所以當他看到這些用色鮮豔、對比強烈的藝術品：黃紫、紅綠、藍橘，就像小時候第一次看到喜鵲——黑白、白黑——一見就深刻難忘。尤其是日本的「浮世繪」版畫，它是從日常生活上選取題材：洗澡、梳頭、睡覺，親切得讓人禁不住發出內心的微笑。「還有，」文生說：「這麼簡潔有力的線條，像詩歌那樣有韻致、像呼吸那樣自然、像扣釦子那樣輕鬆。」他想：這種功力我一輩子都難達到！

其他還有很多畫法也讓文生大開眼界，像用胡椒點、米點、三角點、小圓點，來畫山水畫；以大配小、高配矮、彎配直、實心配空心的畫論，使一大片樹林看起來一點也不覺得擁擠雜亂；還有在構圖方面：用「散點透視法」或稱「高空鳥瞰式」來畫山水畫，也就是說，用一條橫幅畫盡萬

唐基老先生 （1887年　油彩、畫布　92 × 73 cm　法國巴黎羅丹美術館藏）

里江山，或是用一幅立軸，畫完崇山峻嶺。文生說：「這是一項了不起的發明！」

　　鑽研的結果，文生發現：原來東方藝術淵源於中國！不過，中國的藝術實實在在太龐雜精深了，千頭萬緒真不知道從何著手，還不如學習那些經過整理、篩揀的日本繪畫，來得容易多了。

　　文生說：「這一次東西方藝術大結合，影響一定不小！」果然不出文生所料：印象派受到日本版畫影響，再回頭影響東方；在中國又發展出嶺南畫派等等。

　　文生在巴黎，天天研讀這些日本畫，覺得自己好像生活在日本，「我要抓住日本畫裡的精神，那麼，無論我人在哪裡，只要睜開眼睛、放手去畫，就能畫出令人滿意的作品。」

9. 阿爾

　　大概是日本浮世繪激發了文生的鄉土情，他突然覺得巴黎太嘈雜了。「小鎮阿爾？」「法國南方？」「畫家天堂？」文生聽了畢沙羅的話，眼睛越聽越大。

　　又要離開西奧？文生捨不得。但是一轉念：離開也好，省得他老為我操心！一頓茶的工夫，文生就作下了決定，他把房間布置成自己還在家的樣子。等西奧發現有異，他早已背著畫具，坐上了南下的火車。

　　到了阿爾，文生迫不及待的寫信告訴西奧心中的感受。

　　「這是日本嗎？橘紅配碧綠、寶藍配金黃。」

　　「清晨，當太陽一出，樹木騰跳著向天空招展、田野翻滾著往四方延伸。」

　　「這兒，花兒比鳥兒還要會唱歌呢。」

豐收景象 （1888年　油彩、畫布　73 × 92 cm　荷蘭阿姆斯特丹國立梵谷美術館藏）

　　「奇異的大自然啊！我加強了十倍、百倍畫出來，還是畫不出它的奧妙。」

　　文生每天都迫不及待的打開畫具箱，恨不得手腳一起上畫布來作畫。一天，他油彩滿衣衫，草帽落一旁，突然口中嚐到了異味，回過神來，才

馬車通過的吊橋 （1888 年　油彩、畫布　54 × 65 cm　荷蘭奧特盧國立庫拉一穆勒美術館藏）

伸手把筆取出，順手打了自己一掌；腦中映出在巴黎看到東方的千手觀音像，再看了看自己左右兩隻手，不禁啞然失笑，他一連舒了好幾口氣，情緒才漸漸緩和下來。不久，文生終於畫出了心手合一的作品。

「日正當中，汗水濺到畫筆上，終於揮灑出七彩的亮光！」

「清澈的藍天像鏡子一般，照得我心透亮。」

「誰說我只畫了十年畫？早在麥田地裡、標本桌上、鳥兒巢邊，就開始了。」

「太陽下農人用刀我用筆，刷刷刷節奏多美妙。」

一封封來自阿爾的信，果然不出西奧所料，文生這顆飽吸東西文化精華的種子，瞬間就會開滿一樹的燦爛花朵。〈夜間咖啡座〉、〈馬車通過的吊橋〉、〈豐收景象〉、〈郵差羅遜〉、〈向日葵〉等等，都是華中之華、畫中之畫。

10. 分　離

　　梵谷的創作生涯多彩多姿，私生活方面，卻一直不順利。從十六歲與房東女兒談戀愛，遭到女子家人反對起，同樣的模式就一再重演，每一次對他的打擊都不小。他渴望擁有一個溫暖的窩巢，也詛咒過每一個愛情劊子手，包括父親和西奧，他說:「為什麼要問我『怎麼生活?』即使是鳥兒，築巢、修補、餵食、除糞、清掃，都是以後的事。」

　　在巴黎，梵谷整天畫畫，畫友不少，但少有朋友；到了阿爾，少了畫友，卻交到一個朋友。

　　大個子羅遴是文生的郵差，也是這鎮上唯一不計較文生外表的人，他幫文生找房子、買椅子、搬床墊，並且還知道文生什麼時候把買豆子、麵包的錢，全部買了顏料！

　　一天，文生拖著沉重的步伐，正在回家路上，羅遴迎面過來，「嗨！

郵差羅遜 （1888年　油彩、畫布　81.3 × 65.4 cm　美國麻州波士頓美術館藏）

文生，今天畫了些什麼畫？雖然我不
懂畫，但你畫的這田地跟我感覺的完
全一樣。」邊說邊把五隻厚實的手指在
胸口上下劃動。接著，他拎起文生的
畫架，架穩在背上，「來，來，跟我
回家喝碗熱湯吧。」

向日葵 （1888年　油彩、畫布　91 x 72 cm　德國慕尼黑現代美術館藏）

　　這幅〈向日葵〉就像是一首交響樂，請看那每一朵花，無論花瓣、花心、花托、花葉、花莖，都在用自己的方式大聲讚美！讚美那金色、黃色、金黃色的太陽——它，像慈父慈母一般，毫無保留的給予大地關懷、撫摸、滋潤與供養。

　　文生跟羅遜進了家門，胖胖的羅家婦人迎上來，他們的四個孩子像往常一樣，繞著他倆又叫又跳。晚餐桌上，文生想：這位送了二十五年信，從未升遷過的羅遜和他的家人像極了家鄉的農人。「咦，羅遜今晚怎麼不說話？」

　　飯後，羅遜送文生回家，一路上吞吞吐吐，欲言又止。文生藉著月光看到一雙老實的眼睛閃著淚光。問了半天才弄清楚：他獲得升遷，近日就要走了。

　　文生不知道羅遜是什麼時候回去的，只知道自己回到空蕩蕩的屋裡，突然打了一個寒噤，「咦？冬天怎麼這麼快就到了？」他轉身把每一扇窗戶都嚴密關上。這裡的冬天，風大得連人馬都可以吹跑，何況畫版和畫架！他放好畫，去取煙斗，看到今早西奧的來信，信上說高更正潦倒。他想：鎮上唯一的朋友要走了，何不請高更來作伴，又可以彼此切磋。他望著裊裊的煙圈，嘆了一口氣：在巴黎，有豐富的文物、有畫友，更何況還有西

奧，唉，小鎮兩個月的冬天，困在家裡，總不能天天畫「自畫像」。他馬上寫了封快信給西奧：「高更的房間明日就可以準備好，務必請他快點到。」

耳朵包著繃帶的自畫像 （1889年　油彩、畫布　60×49 cm　英國倫敦科特爾德藝術中心畫廊藏）

38

放下煙斗，立刻動手把自己的臥室騰出來，並且掛上近日的心血：六幅色調、構圖完全不同的〈向日葵〉。

　　沒想到，好不容易把大塊頭高更給盼來了，他卻天天繞著文生吵架，「你畫得不對、我們吃得太差、這兒除了冬天，什麼都不好！」兩個月後的一天，高更就撒腿跑了，氣得文生不知對誰發脾氣才好。突然，他記起前幾天高更說鬥牛士鬥贏割下牛耳朵獻女友的事，他乾脆向自己開刀：拿起刮鬍刀割下了自己的耳垂。結果，血流不止，還引來大批鄰居圍觀，大家都說他瘋了，該進瘋人院。

　　西奧趕來，見到被紗布層層裹住的文生半昏半睡的躺在床上，而窗外仍然叫罵不絕，西奧心痛不已。這時正好文生睜眼，見到西奧，他露出一絲苦笑，斷斷續續的說：「小鎮人，愛起鬨，嘰喳一陣，就過去了，害你白……」沒有說完又昏睡過去了。西奧憐惜的看著文生，心裡想：「文生啊，你不是一隻人見人愛的小喜鵲，而是一隻大鵬鳥，恐怕永遠不能享受人間的溫情，只能獨自去天際翱翔！」

39

11. 還靠弟弟？

一天清晨，天空還灰濛濛的，文生才扛起畫具正要出門，就聽到門鈴聲響。「電報？西奧怎麼啦？昨與茉安娜結婚。」文生把電報翻來覆去看了好幾遍，「西奧成家了？為什麼不早講？她長得什麼模樣？配不配得上西奧？」突然耳中嗡嗡作響：現在哥哥還能靠弟弟嗎？文生搖搖晃晃，身子站不穩，畫具散了一地。他想：不能！我不能再靠他了。回頭又一想：除了畫畫，我能做什麼？我會作什麼？出國？從軍？唉，早該學一行手藝的！也許，從今以後我再也沒有時間畫畫了？「不，不，繪畫甚於我的生命！」文生歇斯底里的叫出聲來，趕緊蹲身拾起畫具出了門。

「我的畫就會有人買！我的畫就會有人來買了！」文生腦子裡的發條似乎越來越弱。他瞪著漿了石膏水的畫布，似乎從左右伸出兩隻手層層細綁

夜間咖啡座（室內景）　　（1888年　油彩、畫布　72.4 × 92.1 cm　美國康乃狄克州紐哈芬耶魯大學畫廊藏）

住他的身體。一連三天，一幅畫都畫不出來。

　　第四天早上，文生收到了一封字跡陌生但娟秀的來信。「茱安娜！」信中訴說她疼惜著西奧的忙碌、關心著文生的近況，又對他敬愛有加。文生一行一行念，束縛一層一層鬆開，當他念到：「欣賞您的畫，是我們一天中最大的享受，謝謝您帶給我們一室又一室的陽光。」文生鬆了一大口氣，趕緊拾起畫筆。

　　彩筆下，文生的大自然又重新燃燒，熾熱一如往常。

　　一天，他接到西奧的來信：「孩子出世，取名文生。」文生匆匆的趕到巴黎，他用一雙顫抖的手接過小文生，

輕輕抱在懷裡。孩子細微的脈動牽引著文生的每一根神經，他更清楚、更直接的感到生命的神奇與不可限量。是驚、是喜、是感動，文生抬頭望著小文生的父母：疲倦、憂勞；再環顧樓宇及內外環境：斑剝陳舊、狹窄擁擠。文生想想自己，過去就像個憨大呆似的，只知道畫畫畫，他不曾考慮過西奧，七、八年來一直纏著他：錢不夠用了，再給一點；上次那種紙比較好；顏料你買比較便宜；我的畫展出了幾幅、賣出去幾幅；畫布又用完了趕緊寄來……沒完沒了。是嘆、是怒、是不忍？文生開始盤算再一次的不告而別，這時他無法看見、也無法聽到西奧熱切的叫喚:「文生，文生，昨天賣出了你的一幅畫！」

　　他提著箱子趕回小鎮，正巧趕上北風呼號，他像院中的一棵大樹，頹然倒下了。

　　文生在病床上夢魘連連，三天以後，他才一點一點醒悟過來，信念也慢慢增強，閣樓窗邊談話意義更加明朗，「他們的犧牲是為了讓我能夠安

夜間咖啡座（外景）　（1888年　油彩、畫布　81 × 65.5cm　荷蘭奧特廬國立庫拉一穆勒美術館藏）

自畫像 （1889年　油彩、畫布　65 × 54.5 cm　法國巴黎奧塞美術館藏）

心作畫！他們的讚揚與鼓勵是誠心誠意的。不行！我必須繼續奮鬥。現在撒手，不但辜負他倆的愛護，也徒增彼此的煩惱。對！我應當學習巴黎到阿爾、阿爾到巴黎的鐵路工程師，大家同心協力將過去到未來的這條單向鐵軌鋪好，讓踏出『今天』這個車門的旅客，看到我對生命的詮釋後，開出『明天』更美的花。」

12. 回歸

　　至此，文生已經創作出好幾百幅畫了。

　　一幅完美的作品，就夠耗盡一個人的精神體力了。何況，文生已經創作了那麼多幅精品！這種縮衣節食少休息，近乎瘋狂的與生命和時間拼搏的日子，怎能長久呢？很快的，他病了，病得真的有時顛有時狂。「瘋子滾！瘋子滾！」小鎮人再次對他吼叫。

　　他不願再給大家添麻煩，甘願住進白壁、白床、欄柵重重的瘋人院。給西奧與茱安娜的信中寫道：「這兒沒有什麼不好。我作畫如常。」

阿爾醫院的中庭 （1889 年　油彩、畫布　73 × 92 cm　瑞士溫特瑟奧斯卡‧倫哈特典藏館藏）

45

群鴉亂飛的麥田 （1890 年　油彩、畫布　50.5 × 103 cm　荷蘭阿姆斯特丹國立梵谷美術館藏）

　　等收到醫生的來信，西奧與茱安娜才明白事態的嚴重。夫妻倆多方奔走，為文生請到一位畫家醫生。這位就住在巴黎附近的葛切醫生，非常瞭解畫家們靈感一來不眠不休，在身心的極度消耗下，受到任何一點刺激，就會立即崩潰的情形。他請文生到自己家裡住下，並一再的安慰他、醫治他。病情總算穩定下來了，但留下的頭痛症狀，只有靠畫畫來忘記了。

　　不幸的是，過了不久，文生頭痛的間歇時日越來越短、疼痛程度也越來越劇烈。文生恨自己不能作畫，用手指不停的在頭部敲打擠壓，企圖把疼痛像擠顏料似的擠出來，可惜一切都無濟於事──病魔蠶食著文生的形體，也侵吞了文生的鬥志。

　　又是一連幾天的疼痛。等痛苦稍減，文生直起身子，提起畫筆，站在畫布前問：「未來怎麼畫？」接著，他又

葛切醫生 （1890年 油彩、畫布 68 × 57 cm 法國巴黎奧塞美術館藏）

為葛切醫生畫了一幅肖像畫——醫生蒼白的臉色、疲倦的身子支不住像要往下滑落，撐住他的是那厚重的衣服，難道這是文生在畫他自己？它意味著落葉歸根，生命即將消逝嗎？

這一天，文生在畫布上才畫了一田麥穗和幾隻烏鴉，痛楚又像遠處的雲層，壓頂而來。他放下彩筆，取出幾天前藉口打鳥的槍，將一粒黑色的子彈送進身軀，結束了苦痛。

西奧趕到文生身旁，用臉貼著他的臉，文生感覺到一絲溫暖：「啊，是不是，回到，小小，小閣樓上……」

之後，文生過世了。

西奧禁不起這個打擊，竟也一病不起，半年以後就伴隨文生去了。

梵谷 小檔案

● ●

1853 年　3 月 30 日，出生於荷蘭南方的一個小鎮。

1857 年　5 月 1 日，弟弟西奧出世。

1869 年　開始到叔叔的畫廊工作，展開四年的賣畫生涯。

1878 年　到比利時的煤礦區傳教。

1880 年　開始畫家生涯，並接受西奧的接濟。

1884 年　看護母親。

1885 年　父親過世。

1886 年　到巴黎與西奧會合。

1888 年　2 月，抵達法國南方阿爾，展開他的創作高峰期；
　　　　　10 月，高更前來同住；12 月，割耳垂。

1889 年　4 月，西奧與茱安娜結婚；5 月，住進精神病院。

1890 年　1 月 3 日，小文生出生。5 月，開始接受葛切醫生的治
　　　　　療。7 月 27 日，舉槍自殺，兩日後去世。

1891 年　1 月 25 日，西奧病逝。